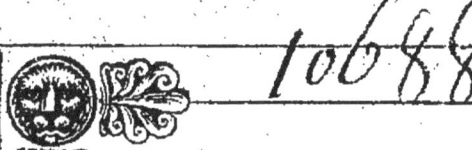

Fables

à

MES ENFANS

PAR P. M. CURTIL.

Deuxième Édition ornée de 8 Gravures.

PARIS.

CHEZ IGONETTE,

rue de Savoie, 12

1834.

FABLES.

TYPOGRAPHIE DE A. PINARD,
Quai Voltaire, n. 15.

FABLES

à mes enfans,

par

M. CURTIL.

Seconde Édition.

Paris, 1834.

FABLES.

A MES ENFANS.

PARIS.

CHEZ IGONETTE, LIBRAIRE,

RUE DE SAVOIE, N. 12.

1834.

PRÉFACE.

———

Dᴀɴs l'âge tendre, à peine l'enfant commence-t-il à balbutier,
qu'on observe les efforts qu'il

1.

fait pour aider son intelligence à discerner les objets qui l'entou-rent. A mesure que ses facultés physiques et morales se déve-loppent, son premier langage devient plus correct et plus in-telligible. Je remarquai aussi qu'il prêtait aux faits exagérés une oreille plus attentive qu'aux faits simples et naturels. Alors, j'augurai que des contes pour-

raient amuser mes enfans, et je
ne fus pas trompé dans mon
opinion; car, souvent ils me de-
mandaient avec une sorte d'instance que je leur racontasse,
disaient-ils, *des petits contes.*
Aussitôt je m'empressai de satis-
faire leur curiosité, et je con-
çus le projet, peut-être trop
hardi, d'en composer quelques
uns; mais cette tâche me pa-

rut si difficile, que, plus d'une fois, je renonçai à mon entreprise. Cependant, animé du désir de leur être utile et agréable, je changeai de projet et j'essayai de composer des *Fables*, comme étant, selon moi, plus convenables à laisser dans leur jeune cœur des impressions qui pussent, plus promptement que les contes, les ins-

truire en les amusant. En effet,
la fable est un petit drame dont
l'exposition, le nœud et le dé-
nouement sont renfermés dans
un cadre tellement restreint,
que le sujet mis en action ne
fatigue nullement la mémoire
de l'enfant. Comme il est naturellement avide de variétés, j'ai
pensé que l'apologue pourrait
également l'intéresser, mais

qu'il devait plutôt être écrit en prose qu'en vers, parce que la versification offre à sa pénétration trop de difficultés, et que l'enfant n'aime point à s'appesantir sur les choses que son imagination ne peut saisir. On doit donc le laisser suivre son penchant naturel; autrement on courrait risque de lui faire prendre en aversion ce qui,

naturellement, devrait le ré-
créer.

Je rends un bien respectueux
hommage aux ingénieux fa-
bulistes qui m'ont précédé,
et surtout à notre charmant
La Fontaine, dont les graces et
le style sont inimitables. L'a-
pologue, nous dit-il avec raison, *est un présent du Ciel*. Je le
crois d'autant plus volontiers

que les sages de tous les temps
l'ont mis en œuvre avec succès,
pour graver profondément et
d'une manière ineffaçable, dans
le cœur des mortels, les grandes
et belles formules de l'harmonie sociale. L'esprit humain est
organisé de façon qu'il n'aime
point le ton impératif qu'on
emploie ordinairement pour
enseigner la morale. Aussi

voyons-nous assez fréquemment que ce ton dogmatique l'ennuie et souvent le dégoûte d'une science qui, sans contredit, est la plus utile de toutes; non qu'elle manque de beautés ravissantes; mais sa lumière est si forte, si vive, qu'elle éblouit la faible vue de la plupart des mortels, beaucoup plus accoutumés aux teintes fleuries

de l'imagination qu'au bril-
lant éclat du flambeau de la vérité.

Comme il n'y a que les aigles
qui puissent, d'un regard as-
suré, fixer la lumière du soleil,
de même, il n'y a que les ames
fortes qui soient capables d'en-
visager d'un œil ferme les sé-
vères et grandes vérités de la
morale. Aussi tous les sages de

l'antiquité ont-ils employé la parabole ou l'apologue pour inculquer dans l'esprit des hommes une foule de maximes de sagesse, divine semence qui n'aurait pu y prendre racine et y fructifier sans ce moyen. Pilpai, Esope, Phèdre et notre bon La Fontaine qui les a tous surpassés par le charme de sa diction et surtout par sa

naïveté, sont nos premiers maîtres, et nos modèles en ce
genre. Ils nous ont enrichi d'une
ample moisson de beautés. Venus après eux, nous ne pouvons tout au plus qu'aller hum-
blement glaner dans le champ
du génie où ils ont fait une si
belle récolte; heureux toutefois, si, dans notre disette, nous
pouvons inspirer aux jeunes

ames le désir d'aller à leur tour jouir de l'abondance répandue à pleines mains dans les écrits de nos grands fabulistes; et c'est pour préparer à la lecture de ces beaux ouvrages que j'ai composé ce petit recueil de fables.

Je me croirai amplement dédommagé des peines que ce faible essai m'a coûtées, s'il peut être utile aux enfans, offrir aux lecteurs quelque intérêt , et mériter leur bienveillance.

—

ÉPITRE DÉDICATOIRE.

—

A MES ENFANS.

—

Recevez, aimables Enfans, ce petit recueil de Fables et d'apologues ; c'est le faible essai d'un père qui vous chérit.

Son but, dans cet opuscule, est de vous instruire, de former votre cœur, en vous amusant par des fictions et par des fables à la portée de votre jeune âge.

Son vœu serait rempli, si, par cet essai, il pouvait vous inspirer des sentimens de douceur, d'humanité, de bienfai-

sance, de soumission, de respect, de piété filiale, et graver dans vos jeunes cœurs les
principes de la religion, de la
morale et de la vertu.

Consultez la Vertu.

FABLES.

LA RICHESSE,

LA SANTÉ ET LA VERTU.

FABLE I.

La Richesse, la Santé et la
Vertu voyageant de compagnie,
discouraient sur leur mérite

personnel. La première se regardait comme bien supérieure
à la Santé; car, c'est par moi,
disait-elle, qu'on obtient tous
les plaisirs; j'embellis la lai-
deur, je donne de l'esprit aux
sots; enfin, je suis une divinité
sur la terre. Je ne vous conteste
nullement, répartit la Santé,
tous ces avantages; mais conve-
nez, ma chère, qu'ils seraient
bien peu de chose, si je ne leur

faisais trouver des charmes. Au
reste, consultez la Vertu, qui
nous écoute, elle vous dira
*que sans la santé, la richesse
n'est rien.* Il est vrai, répondit
la Vertu, que l'une et l'autre
vous possédez mille attraits
qui charment la vie. Quant
à moi, s'il m'était permis de
faire ici mon éloge, je vous di-
rais que sans la paix du cœur et
sans le calme de la conscience,

3

il n'est point de vrai bonheur
sur la terre. Frappées de cette
vérité, la Richesse et la Santé
décernèrent aussitôt la palme à
la vertu.

La voix de la vertu est la seule qu'on doit
écouter.

LE CHÊNE

ET LES ARBRISSEAUX.

FABLE II.

Un vieux Chêne se targuait
de sa prééminence sur les Arbrisseaux qui l'entouraient. Je

brave, leur disait-il, l'élément
le plus redoutable. Dans les
plus terribles ouragans, je ré-
siste à leur fureur ; au lieu que
vous, chétifs Arbrisseaux, je
vous vois tous plier. Lès vents,
indignés de tant d'arrogance ,
soudain réunissent leurs efforts, ébranlent le géant de la
forêt, et notre Chêne séculaire
est bientôt renversé. Alors,
sa chute venge les Arbris-

seaux dont il méprisait la faiblesse.

Tel qui se croit au faîte de la puissance,
souvent se voit descendre plus bas que celui qu'il a dédaigné.

3.

FLORE

ET LES ZÉPHIRS.

FABLE III.

Un jour, Flore, parée des charmes du printemps, présidait avec grace à une réunion

de fleurs. N'est-ce pas à moi,
disait-elle à ses protégées, que
vous devez rendre hommage
de la beauté et de l'éclat dont
vous brillez? Ce superbe langage entendu des Zéphirs les
courrouça. Alors, ils cessèrent
de prodiguer aux fleurs leurs
caresses assidues. Éclat, beauté,
fraîcheur, tout disparut. Ainsi
délaissée, Flore voit ses fleurs
languir et se décolorer. Dans

sa douleur elle réclame avec
instance le secours des aimables
fils d'Éole. Touchés de ses
plaintes, ceux-ci accourent et
voltigent autour d'elle. Flore
sourit en voyant toutes ses
fleurs, naguère languissantes,
se ranimer sous la douce haleine des Zéphirs.

En se prévalant d'une supériorité mal
entendue, on est forcé de reconnaître son
insuffisance.

LES GERBES

ET LE MOISSONNEUR.

FABLE IV.

Un jour, des Gerbes se plai-
gnaient de leur existence passagère. Un moissonneur, témoin

de leurs plaintes, leur parla ainsi : Insensées que vous êtes, vous avez bien tort de vous affliger, lorsque vous avez vu naître et mourir parmi vous des fleurs qui ont embelli votre existence. Alors, les Gerbes, frappées de cette vérité, cessèrent leurs plaintes.

Souvent, sans raison, l'on se plaint de son sort.

LA ROSE

ET L'IMMORTELLE.

FABLE V.

Une Rose ornée des plus brillantes couleurs s'enorgueillissait de sa beauté, et regardait

avec dédain les autres fleurs.
Une Immortelle vivement of-
fensée lui dit : Charmante Rose,
il est vrai, partout on vous
proclame la reine des fleurs;
mais il est fâcheux pour vous
que tant de beauté, tant de
graces, ne jouissent pas comme
moi du don précieux de l'immortalité. J'ai cent ans; je vis
encore. Mais vous, à peine
éclose ce matin, je vous verrai

mourir ce soir. Ainsi, ma chère, eessez de vous croire l'unique objet de l'hommage des humains. Que si, à l'égal de moi, vous pouviez vous dire immortelle, quelle est celle d'entre nous qui ne vous portât pas envie ?

La beauté est passagère, l'immortalité survit aux siècles.

LE CORBEAU

ET LE ROSSIGNOL.

FABLE VI.

Un Corbeau , fier de ses croassemens, se croyait le premier chantre des bois. Enor-

gueilli de son prétendu mérite,
il en vint jusqu'à dédaigner un
Rossignol qui faisait retentir le
bocage, des chants les plus mé-
lodieux. Un jour, notre présomptueux Corbeau lui tint ce
langage : Camarade, ton chant,
que tu trouves fort beau sans
doute, surpasserait peut-être
celui des hôtes de ces bois, si
je n'étais là pour te ravir une
semblable gloire. Si tu en dou-

tes, choisis un juge qui pro-
noncera entre nous deux. —
Très volontiers, répartit le
Rossignol ; voici précisément
deux amateurs qui passent,
prenons-les pour arbitres. Aussitôt ce dernier les enchante
par son doux ramage. Quand
ce fut au tour de maître Corbeau, à peine a-t-il commencé
à se faire entendre, que nos
deux juges s'enfuient, en se

moquant de son impertinente vanité.

L'ignorant ne doute de rien et se fait moquer de lui.

LES

DEUX ABEILLES.

FABLE VII.

Une Abeille s'était endormie dans le calice d'une fleur. Une des ouvrières de la même ruche

vint la réveiller. Ma sœur, lui
dit-elle, pourquoi perdez-vous
un temps si précieux? Ignorez-
vous que notre premier devoir
est de travailler? Moi, répartit
l'abeille encore toute endormie,
j'obéis au besoin de la nature.
L'abeille vigilante, peu satisfaite
de ce langage, et voulant se li-
vrer à sa besogne journalière,
quitte promptement notre dor-
meuse. Celle-ci, pressée par la

faim, revole le soir à l'entrée de
sa ruche, mais qui trouva-t-elle?
L'Abeille vigilante en sentinelle.
Que venez-vous faire ici, dit-
elle à notre fainéante? Exté-
nuée de besoin, je viens de très
loin, et je suis encore à jeun.
Vraiment! répartit l'Abeille di-
ligente, je vous plains. Allez,
allez, ma mie, retournez, s'il
vous plaît, dormir encore au
lieu d'où vous venez, et sou-

venez-vous bien de ceci, ma belle : *Qui dort, dîne.*

Le paresseux doit s'attendre à ne trouver nulle part secours ni protection.

Pendant ce débat,
Survient un goutteux.

LES DEUX CHARLATANS

ET LE GOUTTEUX.

FABLE VIII.

Deux Charlatans discutaient sur la science d'Hypocrate. L'un vantait ses connaissances dans

les simples, l'autre dans la manière de les administrer. Pendant ce débat, survient un
Goutteux, qui réclame le secours de leur art. Aussitôt nos
deux Charlatans lui promettent
une prompte guérison. Mais
notre malade, au lieu de sentir
ses douleurs se calmer, périt
bientôt victime de l'ignorance
de nos deux empyriques.

Toujours le charlatan en impose ; mais le succès seul n'appartient qu'au vrai savoir.

LA PIE

ET LA DOMESTIQUE.

FABLE IX.

Une Pie non moins vaine qu'indiscrète, était tourmentée sans cesse par une domestique acariâtre. Celle-ci, loin de réprimer les mauvais penchans de l'oiseau babillard, les fortifiait, en lui apprenant à parler un langage pervers. La pie, voleuse de son naturel, pour mettre à profit les leçons de son institutrice, et pour se venger d'elle, dérobe à ses maîtres un objet précieux et court le cacher; puis de s'écrier à tue-tête : C'est Javotte qui l'a volé, c'est Javotte qui l'a volé. Les maîtres du logis, sans autre réflexion, accusent leur domestique de ce larcin, et la chassent ignominieusement.

Les maux qui nous accablent proviennent souvent d'une mauvaise éducation.

LE GUI

ET L'OLIVIER.

FABLE X.

Un Gui croissait avec orgueil sur un vieux chêne. Un jour il se plaignit à son voisin l'Oli-

5.

vier des vicissitudes du sort :
Camarade, lui dit-il, jadis mon
espèce vénérée était l'objet
d'un culte sacré que les Gau-
lois me rendaient pendant cer-
tains jours de l'année. Ces peuples n'approchaient qu'avec
respect de l'arbre qui me portait, et me cueillaient précieu-
sement pour me rendre les
honneurs divins. Aujourd'hui,
je me vois tout-à-fait aban-

donné, et depuis près de deux
mille ans on ne pense plus à
moi, on ne me rend plus d'honneurs ; enfin, on me méprise !
tu le vois!... Cependant j'é-
tais l'idole chérie des dieux ;
on leur offrait des victimes humaines que j'embaumais de
mon parfum, et qui faisait les
délices des immortels. — Sot
que tu es, répond aussitôt l'O-
livier, ces victimes humaines

offertes en holocauste aux
dieux du paganisme, tu les
croyais follement devoir attirer
la clémence du ciel ; eh bien !
c'est tout le contraire, elles ne
faisaient qu'irriter de plus en
plus l'Eternel. En effet, au
grand étonnement de l'univers,
cette clémence divine n'a-t-elle
pas fait disparaître l'idolâtrie,
en envoyant sur la terre le
Sauveur du monde pour éclai-

rer les peuples de son flambeau céleste ?

La vraie religion finit toujours par triompher de l'idolâtrie.

LE RENARD

ET LE LÉOPARD.

FABLE XI.

Un Renard enviait la peau
richement bigarrée d'un Léo-
pard. Mes couleurs sont trop

apparentes, lui dit celui-ci; elles pourraient bien aider à découvrir tes ruses. Aussi dois-tu, si tu m'en crois, garder la robe que la nature t'a donnée; car cette bonne mère, sage et prévoyante comme elle est, dispense à chacun ce qui lui convient.

On doit se contenter des dons de la nature.

LA BREBIS

ET LE BUISSON.

FABLE XII.

Une pauvre Brebis, poursuivie par de petits vauriens, demanda passage à un Buisson.

Celui-ci le lui livra ; mais en même temps il s'appropria une partie de la toison de la pauvrette.

Un service rendu par esprit d'intérêt perd son prix.

LE CHAT,

LE COQ ET LE LIMAÇON.

FABLE XIII.

Un jeune Coq, très présomptueux, vantait continuellement
ses exploits, ses brillantes qua-

lités. Un Limaçon aux yeux té-
lescopiques, témoin de la sotte
vanité du coquerico, lui con-
seille de prendre garde à lui,
parce qu'un certain grippe-mi-
naud à l'affût le guette de très
près ; mais notre fier volatile ne
tient aucun compte de cet avis
charitable. Tout à coup, le Chat
s'élance sur lui. Courageux
comme un César, notre Coq se
met sur la défensive, oppose à

son adversaire une vigoureuse résistance, et bref, intrépide, il échappe aux griffes de son ennemi, qui, furieux d'avoir manqué sa proie, se précipite sur le Limaçon, afin de lui faire payer cher l'avis qu'il venait de donner au héros emplumé. Mais le limaçon, fort tranquille, trouve son salut en rentrant bien vite dans sa coquille. Peu d'instans après, le Coq revient sur le champ de bataille, où le Limaçon était encore. En l'apercevant il s'écrie : Comment as-tu donc pu te soustraire à la fureur de notre ennemi?— En me repliant sur moi-même.

Que de gens n'évitent la colère des grands qu'en se courbant devant eux.

LE LIERRE

ET LE CHÊNE.

❀

FABLE XIV.

Un Lierre croissait au pied
d'un Chêne dont la cime s'éle-
vait majestueusement. A peine

ce Lierre a-t-il atteint les premières branches de son appui, que l'arbuste rampant conteste au roi de la forêt les avantages que ce dernier avait sur lui. Mais le Chêne, noble et fier, dédaigne les tracasseries de son faible agresseur. Avec le temps, lui dit celui-ci, je m'élèverai à ta hauteur; alors, je serai ton égal. Oui, répond le Chêne,

mais à force de ramper autour
de moi.

Ramper fait ordinairement tout le savoir
de l'ambitieux.

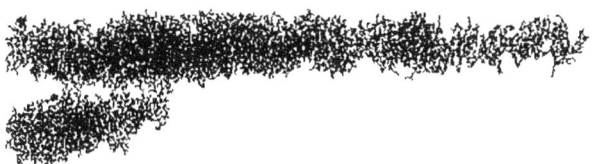

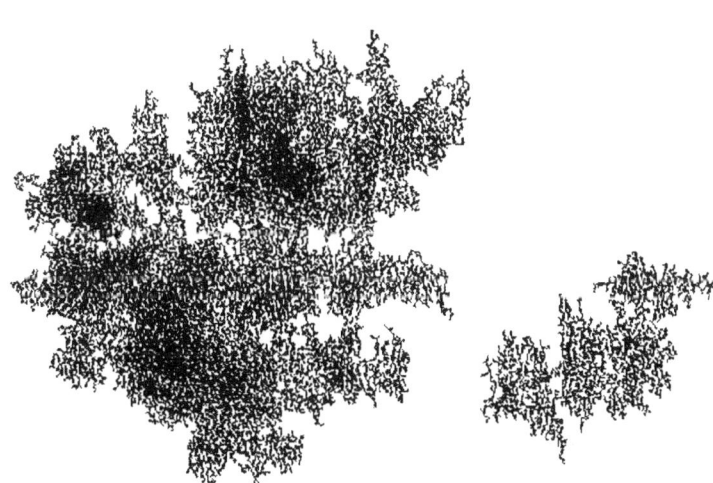

Ils tombent à terre et sont pris par les passans.

LA FAUVETTE

ET SES PETITS.

FABLE XV.

Une Fauvette fit un jour son nid sur un arbre solitaire, afin de le soustraire aux regards des

passans. Elle y déposa ses œufs
avec sécurité, et les couva jusqu'à ce qu'ils fussent éclos. Cette
bonne mère voyait chaque jour,
grace à ses tendres soins, croître
et se fortifier sa chère couvée.
Déjà les premières plumes com-
mençaient à recouvrir le léger
duvet de ses petits. Sans cesse
occupée de leur sort, et voulant
les mettre à l'abri de toute espèce de danger : Mes enfans,

leur dit-elle un beau matin, vous voilà un peu grands, il faut que je m'absente afin de pourvoir à vos besoins ; surtout gardez-vous bien de quitter votre nid, pour prendre votre essor ; car vous ne devez pas vous fier encore à vos propres forces. Notre pauvre mère n'est pas plus tôt partie, que les oiseaux des environs viennent voltiger, gazouiller, folâtrer autour du nid des petits de la Fauvette. Ceux-ci, entraînés par la séduction de ces nouveaux venus, abandonnent leur nid pour les suivre. Mais qu'en arriva-t-il? ce que la tendre mère avait prévu : les forces de nos petits étourdis leur manquant, ils tombent à terre et sont pris par les passans. Alors nos imprudens perdirent leur liberté, et payè-

rent ainsi bien cher leur dés-
obéissance.

Le premier devoir d'un enfant est d'obéir
à ses parens.

LA COLOMBE

ET LE PIGEON.

FABLE XVI.

Une Colombe, orpheline dès
ses premiers beaux jours, er-
rait çà et là pour dissiper ses

noirs chagrins. Plongée dans
de tristes rêveries, elle tombe
dans un lacet tendu par un
perfide oiseleur. Aussitôt elle
jette des cris de détresse et
n'espère plus son salut que de
la pitié d'une ame compatis-
sante. Son attente ne fut pas
vaine. Non loin de notre captive se promenait une jeune
fille douée d'un cœur aussi tendre que généreux ; elle dirige

ses pas vers le lieu d'où partent ces cris plaintifs. Elle aperçoit l'intéressante prisonnière, et se hâte de la délivrer des nombreux liens dans lesquels elle se débattait. En échange d'un aussi bon service, la Colombe reconnaissante prodigue à sa libératrice mille tendres caresses. Celle-ci, vivement émue, prend sous sa protection notre jolie captive, qui lui promet de lui être constamment fidèle. La bienveillante protectrice donne pour asile à sa protégée une superbe cage ornée de tous les agrémens qui peuvent embellir cette demeure. Chaque jour notre Colombe recevait la visite et les caresses des amies de sa bienfaitrice; rien ne manquait à son bonheur. Mais le sort jaloux envoya bientôt près d'elle un jeune téméraire qui vint un instant troubler la paix dont jouissait notre jeune Colombe. Un jour qu'elle étalait la blancheur de son plumage aux rayons du soleil, elle fut aperçue d'un beau pigeon ramier, qui tout à coup se passionne pour notre belle captive. Il médite dans sa tête exaltée les moyens de s'en faire aimer et de la soustraire à l'esclavage.

Dès les premiers jours du printemps , notre pigeon voltige
sans cesse autour de la demeure
de sa belle , et termine toujours ses courses aériennes par
se percher sur le sommet d'un
arbre peu éloigné d'elle , afin
de lui faire entendre ses doux
roucoulemens. Son gosier flexi-
ble modulait sa voix avec un
charme qui la ravissait ; la
voyant émue , il lui adresse ce

langage : Aimable et chère Colombe, pour toi seule je veux
charmer les échos ; viens, je
désire unir ma destinée à la
tienne, et te faire connaître les
douceurs de l'amour, qui man-
quent à ton bonheur. Mon vœu
le plus ardent est que tu sois à
jamais ma compagne chérie.
Consens-y, et je me charge de
ta délivrance. Voici comme je
m'y prendrai : A l'instant où

ta maîtresse ouvrira ta prison pour te caresser, je viendrai d'une voix languissante, et comme si j'étais blessé, voltiger autour d'elle. Son premier mouvement sera de me vouloir prendre et d'oublier de fermer ta cage; alors tu en sortiras, et nous prendrons notre volée ensemble. — Cette ruse pourrait nous réussir, répond la douce Colombe; mais je ne puis

trahir mes premiers sermens,
et ne veux point être parjure.
Cette réponse navre le cœur du
beau Pigeon déconcerté, sans
cependant le faire renoncer à
son projet. Chaque jour il emploie tous les moyens de séduction pour triompher des ré-
pugnances de sa belle. Un jour,
par hasard, certain chasseur,
passant près de l'amoureux Pigeon, l'aperçut voltigeant sur le

balcon de la fidèle Colombe. Il l'ajuste et l'étend mort aux yeux de sa douce amie, qui, affligée d'une fin si tragique, ne trouve plus de consolation que dans le bonheur d'avoir rempli son devoir.

La jeunesse imprudente paie souvent bien cher ses tentatives de séduction.

LE LOUP

ET LA BREBIS.

FABLE XVII.

Certain Loup, fort adroit,
avait jadis fait mainte capture.
Fier de ses nombreux larcins,

il avait cru devoir donner quelques faibles secours à une pauvre Brebis. Lorsque celle-ci fut à son tour dans l'aisance, ce Loup, avide de butin, projeta de se les faire restituer avec usure. Pour cet effet, il consulta un vieux Renard, habile dans la chicane. Celui-ci, mu par l'espoir d'en tirer un bon salaire, trouve le point de fait et le point de droit parfaitement établis. Alors notre Loup, pour mieux colorer son insigne mauvaise foi, et paraître encore généreux , se relâche de ses prétentions : il réduit à un tiers sa demande , qui était encore exorbitante ; mais la pauvre Brebis s'empresse d'y acquiescer , de peur qu'il ne lui en coûte beaucoup plus cher, si elle n'y souscrit pas.

Avec un fripon, un mauvais arrangement
vaut toujours mieux qu'un procès.

LE ROSIER

ET LE PAPILLON.

FABLE XVIII.

Un Rosier portait au revers
d'une de ses branches une co-
que qui renfermait un Papillon

'une espèce rare. Par un beau
ur d'été, il perça sa triste de-
eure pour jouir des bienfaits
e la nature. Tout humide en-
ore à sa sortie, il se traîne,
remblant, et cherche à déployer ses ailes pour prendre
on essor. Aussitôt le Rosier
ui donne cet avis : Comme ton
outien, ton protecteur, je
ois avoir quelques droits à ta
connaissance, et cela, parce

8.

LE ROSIER

ET LE PAPILLON.

FABLE XVIII.

Un Rosier portait au rever

d'une de ses branches une cc

que qui renfermait un Papillo

d'une espèce rare. Par un beau jour d'été, il perça sa triste demeure pour jouir des bienfaits de la nature. Tout humide encore à sa sortie, il se traîne, tremblant, et cherche à déployer ses ailes pour prendre son essor. Aussitôt le Rosier lui donne cet avis : Comme ton soutien, ton protecteur, je crois avoir quelques droits à ta reconnaissance, et cela, parce

8.

que j'ai pris soin de te conser-
ver pendant tout le temps que
toi et ton enveloppe étiez atta-
chés à mon écorce. Aussi, j'ose
espérer que, parfois, tu vien-
dras embellir de ta présence
l'éclat de mes roses. Alors je
t'apprendrai à éviter les écueils
de la vie, que ma longue expé-
rience m'a fait souvent pré-
voir. Le Papillon lui promet
monts et merveilles ; mais il

n'a pas plus tôt acquis ses forces, qu'il prend son vol, et va
folâtrer dans les jardins émail-
lés de fleurs. Mais qu'arrive-
t-il ? Que notre Papillon, aussi
léger que téméraire, tombe
dans le filet d'un jeune écolier dont il devient le prisonnier.

Souvent la légèreté nous fait oublier

les devoirs de la reconnaissance, et nous expose à bien des dangers, en nous faisant négliger de sages conseils.

Le monarque accueille avec distinction
le brave.

LE COURTISAN

ET LE BRAVE.

FABLE XIX.

Un Courtisan sollicitait auprès de son souverain des honneurs et des emplois. Comme

recommandation puissante, il
lui présentait avec orgueil ses
vieux titres de noblesse. En
face de l'homme titré se trouvait un vieux Guerrier couvert d'honorables cicatrices,
qui briguait l'honneur de ser-
vir encore sa patrie. Le Monarque, aussi vertueux que
juste envers nos deux sollici-
teurs, accueille avec distinction le Brave, et rejette avec

dédain les prétentions du Courtisan.

Heureux le prince qui sait apprécier le
vrai mérite.

LE PAON

ET LE LINOT.

FABLE XX.

Un Paon et un Linot habi-
taient la même maison. Tous
deux y recevaient des soins as-

sidus. Le premier faisait l'or-
nement de la basse-cour, l'autre les délices de son maître.
Ces deux protégés furent d'a-
bord amis, puis jaloux. Le
Paon, enorgueilli de la magni-
ficence et de l'éclat de son plumage, se regardait comme le
phénix des oiseaux. Modeste
de son naturel, le Linot char-
mait les échos d'alentour par
son doux ramage qui ravissait

9

le Paon lui-même. Enfin, un jour le maître de ces deux oiseaux tombe malade; les cris perçans du Paon l'importunent à un point tel, qu'il ne peut prendre aucun repos : que fait alors le maître ? il donne le Paon au premier venu, sans s'inquiéter le moins du monde de l'avenir de cet oiseau criard; au contraire, il prodigue au Linot mille caresses, comme

pour le remercier et le féliciter
de la douce mélodie qu'il en obtient, et qui porte chaque jour
le calme et la tranquillité dans
son ame.

Tôt ou tard le sot est banni de la société,
au lieu que le véritable talent y trouve
toujours asile et protection.

LES LOUPS

ET LE CONDUCTEUR.

FABLE XXI.

Un jour, dans un village, se
répandit une grande terreur,
causée par une bande nom-

breuse de Loups affamés qui er
raient çà et là pour se procurer
de quoi assouvir leur faim dé-
vorante. Dans leur course, tout
disparaît, hommes, femmes,
enfans. Les habitans, justement
alarmés, s'empressent de se
mettre, eux et leur bétail, en
lieu de sûreté. Qu'arriva-t-il?
Privés de toute espèce de res-
source, nos Loups s'assem-
blent et se concertent, afin c

9.

se soustraire à une mort certaine. Une grange isolée leur
sert de salle de conseil. Tous
s'y précipitent ; un président
est élu, et la séance est ouverte.
La faim se faisant sentir de plus
en plus, divers moyens sont
présentés, mais aucun d'eux
n'offre un résultat favorable.
Enfin, un des membres, plus
avisé que les autres, demande
la parole et s'exprime en ces

termes : Nobles et illustres re-
présentans, la nature ne nous
a-t-elle pas doués d'une force
meurtrière qui répand l'effroi
parmi nos ennemis les plus re-
doutables ? Je crois que pour
parvenir à notre but, nous de-
vrions nous tenir en embuscade
près des grandes routes pour y
guetter mieux à notre aise les
passans. Aussitôt l'assemblée a-
dopte avec transport les moyens

de salut proposés par l'orateur.
Tout à coup nos Loups se diri-
gent vers une grande route, s'y
postent de distance en distance
pour sacrifier à leur fureur les
premières victimes qui s'y pré-
senteraient. De loin, ils aper-
çoivent une diligence ; ils se
disposent à l'attaquer, et la cer-
nent de toutes parts (1). Le

(1) Ce fait est arrivé pendant le long hiver de 1829.

Conducteur, saisi d'effroi à l'aspect de ces animaux féroces, cherche les moyens d'échapper à leur fureur. Il monte sur l'impériale, se saisit des pâtés et des dindes truffés destinés à couvrir la table de nos nouveaux Lucullus, et les jette à ces animaux voraces. Aussitôt les Loups se précipitent sur ces morceaux délicats, et n'en laissent ni cuisse ni aile. Par ce stratagème, le Conducteur échappe, ainsi que les voyageurs, à une mort presque certaine.

La ruse et la prudence sont très souvent préférables à la force,

LA TORTUE,

LE LIMAÇON ET L'AIGLE.

FABLE XXII.

Une Tortue qui habitait une caverne n'en sortait que pour répandre l'effroi dans les environs. Un jour, sur son passage, elle rencontra un Limaçon qu'elle voulut immoler à sa fureur; mais celui-ci osa lui résister. Quoi! lui dit la Tortue indignée, ignores-tu, chétive créature, que, par ma forme indestructible, je puis braver tous les efforts humains? Tandis qu'elle tient ce langage présomptueux, un Aigle, qui, dans sa course rapide, aperçoit l'orgueilleuse Tortue, fond sur elle avec impétuosité, l'emporte dans ses serres à une hauteur prodigieuse, puis la laisse tomber sur un rocher. Alors la Tortue se brise, éclate en morceaux, et devient ainsi la proie de l'Aigle.

Ne vous prévalez jamais de votre supériorité.

10

LE CHEVAL

ET L'ANE.

FABLE XXIII.

Un Cheval et un Ane avaient tous deux le même maître. L'Ane supportait avec résigna-

tion les caprices du sort. Continuellement harassé de fatigue, il n'en recevait pour prix
que les traitemens les plus
cruels ; au contraire, le Cheval,
son compagnon, était traité
avec toutes sortes d'égards. Un
jour l'Ane, dans son désespoir,
se plaignit au Cheval en ces
termes : Ami, si, comme toi,
je n'obtiens pas les mêmes faveurs de notre maître, c'est

parce que tu es plus fort et plus alerte que moi : faibles avantages, pourtant, qui ne flattent que la vanité et l'orgueil de l'ambitieux. Tout à coup survient le maître, qui, martin-bâton à la main, interrompt notre éloquent baudet, et lui ordonne de reprendre son travail habituel. A l'instant notre humble animal obéit sans mot dire.

Un jour, le maître, forcé par les circonstances, vendit son Cheval, et ne garda que son Ane pour s'en aider dans ses pénibles travaux; force lui fut alors de rendre le sort de ce dernier beaucoup plus doux qu'auparavant.

Souvent les choses qu'on dédaigne dans

la prospérité nous deviennent d'un grand prix dans la médiocrité.

Retourne la Lorgnette?

LA LORGNETTE.

FABLE XXIV.

Un jeune Écolier s'amusait
un jour à regarder à travers
une Lorgnette : « Comme ces

hommes me paraissent grands, dit-il à son précepteur ! — Retourne la Lorgnette, lui répond celui-ci, tu les verras tels qu'ils sont.

Ne vous laissez jamais séduire par l'illusion.

L'ÉTEIGNOIR

ET LE SOLEIL.

FABLE XXV.

Un Éteignoir, ennemi juré
de la lumière, se trouva un jour

dans un cercle nombreux. L'a-
mour-propre et l'orgueil faisaient toute sa science. Aussi
n'oubliait-il rien pour captiver
l'assemblée, en cachant sous le
clinquant du style l'indigence
de ses pensées. Par hasard, dans
un coin du salon, se trouvait le
Soleil, qui, indigné du faux
éclat dont s'enorgueillissait
l'Éteignoir, lance un de ses
rayons, qui, faisant jaillir la lu-

mière la plus vive, éclipse l'É-
teignoir confus.

Les sots sont ennemis des lumières ;
mais tôt ou tard ils en sont éclipsés.

LE LYNX

ET LE VAUTOUR.

FABLE XXVI.

Fier des avantages qu'il croyait avoir reçus de la nature, un Lynx faisait fi de tous

les animaux qu'il rencontrait.
Un Vautour, qui sans cesse voltigeait autour de lui, cherchait
l'occasion d'en faire sa proie.
Nos deux rivaux, quoique d'espèce différente, avaient cependant le même caractère de vo-
racité, et l'un et l'autre se con-
voitaient tacitement. « Camarade, dit le Lynx au Vautour,
je te défie de voir, comme moi,
à la distance la plus éloignée,

car ma vue pénètre les espaces
les plus obscurs. — Seigneur,
répond avec humilité le Vautour, je ne conteste pas votre
mérite ; mais cependant je
crois pouvoir l'égaler sous un
autre rapport ; car je m'élève
jusqu'aux cieux, et si vous voulez vous en convaincre, indi-
quez vous-même le lieu du départ. » Le Lynx monte avec rapidité à la cime de l'arbre le

plus élevé, afin de saisir de ses
dents meurtrières l'audacieux
Vautour. Celui-ci, prenant son
essor, s'élance dans les airs, et
arrive bientôt au dessus du
Lynx étonné, qui l'engage ami-
calement à venir se reposer auprès de lui, afin de reprendre
haleine. Mais, pour toute réponse, le Vautour fond avec
impétuosité sur le Lynx, qui,
perdant son équilibre, tombe

et se tue. Alors le Vautour se
saisit de sa proie, l'emporte
dans le trou d'un vieux rocher,
et l'y dévore à son aise.

Souvent l'homme astucieux tombe dans
le piége qu'il tend aux autres.

LES

DEUX RUISSEAUX.

FABLE XXVII.

Deux Ruisseaux serpentaient
dans la plaine : « Ah ! dit l'un,
si nous réunissions nos eaux,

11.

nous formerions une rivière!
—Assurément, répartit le plus
sage; mais les hommes s'en
empareraient, et nous emploie-
raient peut-être à de vils usa-
ges. Adieu, alors, nos bords
fleuris et nos douces retraites!

Pour garder notre liberté et pour être
heureux, tâchons de vivre ignorés.

LA MOUCHE

ET L'ABEILLE.

❀

FABLE XXVIII.

Un jour, une Mouche, éga-
rée par un temps d'orage, cherchait de tous côtés un abri. Sur

son chemin elle aperçoit une ruche ; elle va pour s'y réfugier ; mais une Abeille l'arrête, et lui dit : « Où vas-tu ? — Amie, lui répond la Mouche, permettez-moi de me reposer un instant dans votre habitation. — Nenni ! répartit l'Abeille ; nous ne recevons point ici de gens inconnus, de peur qu'ils n'apportent la discorde parmi nous.

Pour vivre tranquille, imitez la prudente abeille.

LES FLEURS

ET LE ZÉPHIR.

FABLE XXIX.

Un jour, des Fleurs, accoutumées aux caresses du Zéphir, se désolaient de son absence;

toutefois, à son retour, et par un caprice trop ordinaire aux belles, il en fut accueilli avec une dédaigneuse fierté. Alors l'aimable fils d'Éole cessa de les protéger contre les ardeurs du soleil, et nos capricieuses, ainsi privées de la fraîcheur de l'air, se fanent aussitôt, se dessèchent et meurent.

Toujours on doit un bon accueil à son protecteur.

LA TAUPE

ET LES DEUX SOURIS.

FABLE XXX.

Une Taupe, se promenant
aux environs de sa retraite,
aperçut un jour deux Souris

12

qui parcouraient les champs.
« Amies, leur dit-elle, où allez-
vous donc si lestement ? —
Nous regagnons, répondirent
les deux voyageuses, chacune
notre logis. — En ce cas, je
vous préviens, reprit la Taupe,
du péril qui vous menace, si
vous poursuivez vôtre chemin.
Sans doute vous ignorez que
ce pays est infesté de vos plus
cruels ennemis ? Pour vous

épargner quelque aventure ma-
lencontreuse, venez avec moi
dans mes galeries souterraines ;
vous pourrez y attendre en sûreté le moment favorable pour
continuer votre route. » L'une
des deux trotte-menu, plus
étourdie que l'autre, répartit
vivement : « Comme notre vie
solitaire ressemble à la vôtre,
nous n'avons rien à craindre.
Moi, habitante des champs, et

ma camarade, des bois, nous
sommes à l'abri de nos ennemis. » Pendant que la commère
discourait ainsi, un Chat, à
l'affût, se jette sur elle, et la
croque à belles dents. L'autre
s'enfuit à la hâte dans un bois,
où elle devient aussitôt la proie
d'une Belette.

Il est toujours dangereux de mépriser de sages conseils.

RÉUNION

DES OISEAUX.

FABLE XXXI.

Dans un des beaux jours du
printemps, des oisillons réunis
vantaient la flexibilité de leur

gosier. « Rien, dit l'un d'eux,
n'égale l'accord pur et mélo-
dieux de nos accens. » A ce
langage plein de jactance suc-
cèdent le doux ramage de la
linotte plaintive et celui de la
tendre Philomèle. Alors nos
oisillons, honteux de leur sotte
vanité, se trouvent contraints
d'avouer leur infériorité, et de
rendre hommage au mérite.

Souvent le présomptueux se trouve obligé d'avouer lui-même sa défaite.

*Retire-toi, lui répond
l'inexorable financier.*

LE FINANCIER

ET LE PAUVRE.

FABLE XXXII.

Depuis nombre d'années un
Financier entassait or sur or.
Un jour, tourmenté du retard

que mettait un de ses fermiers à lui payer un sémestre échu, notre Harpagon se lève de grand matin et se met en route pour aller le recevoir. Chemin faisant, il rencontre un Pauvre encore dans la force de l'âge. Celui-ci lui expose son infortune, et le supplie de soulager sa misère. « Retire-toi, lui répond l'inexorable Financier ; la paresse est la seule cause de tes

maux ! » A ce reproche inhu-
main, le malheureux, navré de
douleur, s'éloigne en déplorant
son sort. Un instant après il
entend des cris perçans : ce
sont ceux du Financier, qui,
attaqué par un Loup affamé,
est près d'en devenir la proie.
Le Pauvre vole au secours de
l'égoïste Financier, l'arrache
des dents meurtrières de l'ani-

mal furieux, et le soustrait ainsi
à une mort certaine.

Faire le bien pour le mal est le caractère d'une belle ame.

LA FAUVETTE.

FABLE XXXIII.

Une Fauvette blâmait ses
compagnes d'avoir prêté une
oreille trop complaisante à de

13

jeunes téméraires , qui , jour-
nellement , se livraient aux
charmes de la séduction. Ainsi
raisonnait-elle : « Il faut con-
venir que la jeunesse est bien
imprudente de méconnaître
ses premiers devoirs. Il lui fau-
drait, ajouta-elle, mon expé-
rience, pour la diriger dans sa
conduite. » Comme notre mo-
raliste discourait ainsi , elle
aperçoit dans les airs un oiseau

d'une beauté rare, qui dirige vers elle son vol rapide. Celle-ci, à son approche, se sent émue; l'étranger, qui s'en aperçoit, lui tient ce langage : « Aimable Fauvette, vous qui charmez tous les cœurs par votre touchante harmonie, oserais-je vous demander l'hospitalité? » D'abord, elle fait la mijaurée; puis, après certaines minauderies, elle consent à habiter avec lui sous le même toit. Mais bientôt nos deux volages s'oubliant l'un l'autre, la Fauvette encourt elle-même le blâme qu'un instant auparavant elle déversait sur ses compagnes.

Soyez indulgent pour les autres, si vous voulez qu'on le soit pour vous.

LA MOUCHE

ET L'ARAIGNÉE.

FABLE XXXIV.

Un jour, une Mouche se prit
dans le filet d'une Araignée.
Celle-ci, de sa retraite, fondit

13.

sur sa prisonnière, et s'en em-
para. « Arrête, barbare, lui dit
la Mouche, pourquoi veux-tu
m'ôter la vie ? Elle ne compro-
met nullement la tienne. — Téméraire! que fais-tu ici? lui répond l'Araignée ; malheur aux
gens de ton espèce qui osent
troubler mon repos!... » Et,
sans autre forme de procès, elle
lui donne la mort.

Le tyran, seul, triomphe par la force brutale.

LE SOU

ET LA PIÈCE D'OR.

FABLE XXXV.

Un jour, un Sou se trouva
par hasard avec une pièce d'Or.
Celle-ci, fière de son éclat, lui

reprocha son peu de valeur.
« Pourquoi portes-tu sur moi
un regard dédaigneux? répartit
le Sou. Ignores-tu que si tu sers
à flatter l'orgueil et l'ambition
des grands, moi je soulage l'infortune? » Le hasard voulut
qu'on présentât nos deux pièces pour faire un appoint. Mais
qu'arriva-t-il? le sou fut re-
connu vrai; quant à la pièce

d'or, on la trouva fausse, et, comme telle, on la refusa.

Le vrai mérite ne se trouve pas toujours sous l'habit doré.

LA ROSE.

FABLE XXXVI.

Une Rose, exposée aux intempéries d'une saison rigoureuse, déplorait son sort. Une jeune fille qui la contemplait, touchée de ses plaintes, lui dit : « Charmante Rose, je vais l'adoucir. » Aussitôt, elle la sépare de sa tige, l'emporte et la dépose dans un vase, à l'abri du vent ; mais le bonheur de cette Rose fut de courte durée, car elle perdit sa fraîcheur, et elle mourut.

On doit supporter ses maux avec patience lorsqu'il n'y a plus de reméde.

L'ANE

ET LE RENARD.

FABLE XXXVII.

Un Ane, bel esprit, s'extasiait sur les avantages dont la nature l'avait doué. « Au chien, dit-il, elle a donné l'odorat; à l'aigle, la vue; à l'homme, le toucher, et à mon espèce une ouïe très subtile. — C'est bien dommage, dit malignement un Renard qui écoutait cette jactance, qu'à une si précieuse qualité s'attache le ridicule. — L'Ane lui répondit : Je n'entends rien à ton langage. — Mais, lui répliqua le Renard,

ce n'est pourtant pas faute d'o-
reilles.

Souvent le présomptueux se croit un
grand personnage.

LE DOGUE,

LE LOUP ET L'AGNEAU.

FABLE XXXVIII.

Un jour un Dogue se jouait
avec un agneau. « Quelle honte,
pour un Chien d'une telle sta-

ture, de folàtrer ainsi avec ce
petit Agneau, s'écria un Loup
qui était présent. — Dans ce
jeu, lui répondit le Dogue, je
ne vois rien que d'innocent. Il
n'y aurait de déshonneur pour
moi que si je faisais valoir ma
supériorité pour abuser de la
faiblesse. » En achevant ces
mots, il se jette sur le Loup et
le met en pièces.

163

Souvent on paie cher un reproche in-discret.

LE CHENE

ET LE POMMIER.

FABLE XXXIX.

Un Chêne se targuait d'orgueil de ce que, dans son tronc
creux, un essaim d'Abeilles

avait déposé son miel. « Sotte vanité, s'écria un Pommier qui l'entendit, tes glands en sont-ils moins âpres ? » Alors, le Chêne, confus, n'osa répondre.

Le sot, comblé des faveurs de la fortune, fût-il un grand seigneur, en a-t-il plus de mérite.

LES

DEUX SANGLIERS.

FABLE XL.

Deux Sangliers, appartenant
au même maître, cherchaient
leur nourriture dans du fu-

mier. L'un d'eux y trouva un diamant d'un grand prix. « Part à nous deux, répartit l'autre. — Très volontiers, répondit le premier, qui, s'attribuant les deux parts, les avale aussitôt. Le maître, témoin de cette astuce, fait tuer le possesseur du diamant, et s'empare de la pierre précieuse.

Tôt ou tard le fripon paie cher sa mauvaise foi.

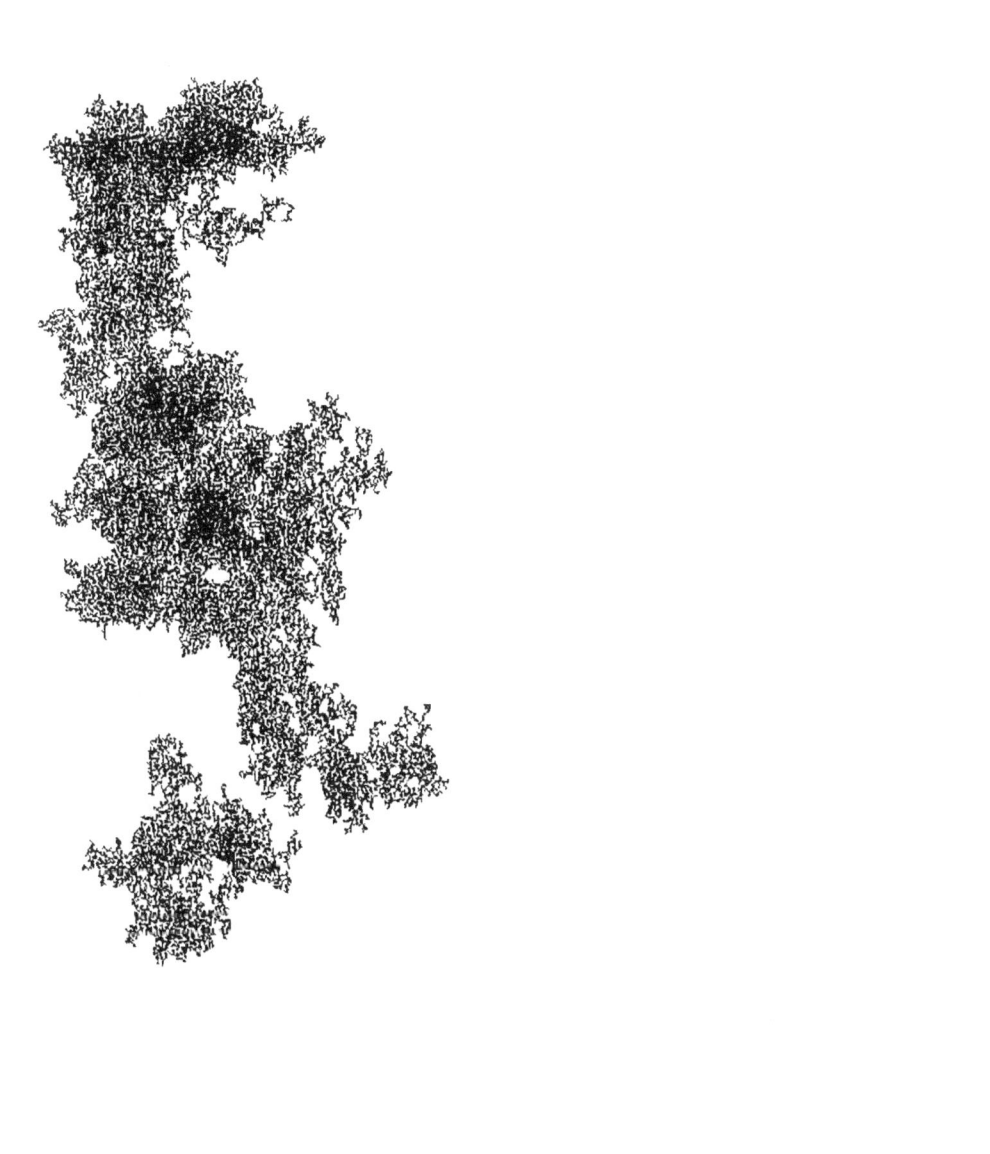

Les zephyrs emportaient au loin
les débris de sa parure.

LA ROSE

ET LE RUISSEAU.

FABLE XLI.

Une Rose charmante régnait
en souveraine sur les bords
fleuris d'un Ruisseau. Fière de

15

son éclat et de sa beauté, elle s'admirait dans le cristal d'une eau vive et limpide, qui serpentait avec un doux murmure. Cependant, de temps à autre, les caresses du Zéphir détachaient légèrement les brillantes feuilles de cette Rose, et emportaient au loin les débris de sa parure.

Ainsi la beauté humaine est passagère :
y attacher trop de prix, c'est frivolité.

LES

DEUX TOURTERELLES.

FABLE XLII.

Deux Tourterelles, modèles
d'amour et de tendresse, cou-
laient des jours heureux et

tranquilles dans le berceau qui les avait vues naître. Cet asile solitaire les préservait des attaques de leurs ennemis, et répandait autour d'elles ce calme mélancolique, si parfaitement en harmonie avec leur cœur. Rien, jusqu'alors, n'avait troublé leur paisible repos; mais qui peut se flatter d'un bonheur constant!

Pendant l'été, nos deux jeu-

15.

nes imprévoyantes, n'ayant fait
aucune provision, se trouvè-
rent surprises par un hiver ri-
goureux qui déploya son man-
teau de glace sur la nature at-
tristée, et détruisit toutes les
ressources de la vie. Exposées
aux horreurs de la famine,
elles étaient près de succomber
au péril qui les menaçait, lorsque l'une d'elles, plus inquiète
du sort de sa compagne que du

sien, conçut l'heureux projet
de subvenir à leur mutuelle
existence. Reste ici, lui dit-
elle, je vais tenter les hasards
d'un voyage, qui, peut-être,
mettra nos jours en sûreté.
Aussitôt notre intrépide voya-
geuse prend son essor, plane
dans les airs, et laisse loin
d'elle son arbre protecteur.
Epuisée de fatigue, elle des-
cend à terre, où elle trouve de

quoi réparer ses forces ; mais, hélas ! notre infortunée tombe dans les filets d'un oiseleur. Elle s'agite, elle bat des ailes pour sortir de sa captivité ; vains efforts! Elle fait entendre au loin ses cris plaintifs. L'écho du désert seul répond à ses gé-missemens. Au moment où tout espoir semble lui être ravi, elle aperçoit un oiseau qui fend la nue, et qui précipite son vol vers elle ; son cœur bat, une douce émotion l'agite : c'est sa fidèle compagne, qui, depuis le départ de son amie, n'a joui d'aucun repos. Mais quels moyens employer pour la délivrer ? Alors, toutes deux, réunissant leurs efforts, à l'aide de leur bec anguleux, elles brisent les réseaux qui retenaient la pauvre captive. Aussitôt, elles fuient à tire-d'ailes, en

faisant retentir l'air de leurs
chants d'allégresse. Mais qu'al-
laient-elles devenir, dénuées de
toutes provisions? Déjà leurs
gémissemens recommençaient,
quand tout à coup elles aper-
çurent, dans un champ loin-
tain, une meule de blé, où
elles se dirigèrent avec la plus
grande rapidité. Là, le · ciel
leur fut en aide. Elles y trouvè-
rent asile et subsistance jus-

qu'au retour du printemps. Il serait superflu de nous demander si elles se jurèrent bien tendrement de ne plus se séparer désormais.

Deux véritables amis doivent rester inséparables.

LE CEP DE VIGNE

ET LE CHÊNE.

FABLE XLIII.

Un Cep de Vigne, chargé de fruits, était soutenu par un Chêne. Celui-ci la regardait avec dédain. Aussi étalait-il avec orgueil ses nombreux rameaux, croyant par là imposer aux habitans de la contrée. Mais ceux-ci voyant leur Cep couvert de l'épais feuillage du Chêne, élaguent ce dernier sans miséricorde. Le Chêne, alors, honteux de se voir ainsi maltraité, se repent, mais trop tard, de sa présomption.

Ainsi, tôt ou tard, la modestie, jointe
au mérite, triomphe d'un sot orgueil.

LES

DEUX COQUILLES.

FABLE XLIV.

Deux Coquilles brillaient
d'une égale beauté. Chacune
d'elles voulait primer. Pendant

cette altercation, survint un passant qu'elles prirent pour arbitre. Celui-ci, les trouvant toutes deux également belles, les emporte, les prive de leur liberté et les met ainsi d'accord.

Souvent le plaideur paie cher le diffé-
rend.

LA JEUNE FILLE

ET LES FLEURS.

FABLE XLV.

Un jour, une jeune beauté
se promenant dans un parterre
émaillé de fleurs, les contem-

plait toutes les unes après les
autres. Chacune d'elles , par
son parfum et par ses nuances
diverses, se flattait de fixer l'at-
tention de cette jeune nym-
phe : l'humble Violette, par
sa suavité ; l'OEillet, par son
odeur ; la Rose, par son éclat ;
la Tulipe, par la variété de ses
couleurs, et le Lys par sa blancheur. Mais notre jeune beauté
préféra l'aimable Sensitive ,

comme emblème du sentiment.
Alors les fleurs, étonnées de ce
choix, restèrent interdites.

Toujours on doit préférer la sensibilité
aux objets qui flattent le plus nos sens.

LE HIBOU

ET SON FILS.

FABLE XLVI.

Un vieux Hibou, accablé d'infirmités, se tenait jour et nuit dans le trou d'un Chêne.

Solitaire, il y gémissait sur la rigueur de son sort. Cependant le ciel lui avait donné un fils ; mais ce fils était jeune et volage. Son vieux père, plein de sollicitude pour cet enfant chéri, supportait avec résignation tous ses caprices. Un jour, notre jeune étourdi, après plusieurs jours d'absence, revint au logis. Plongé dans l'affliction, notre valétudinaire lui adressa des conseils paternels sur la légèreté de sa conduite. Mais ce fils dissipé s'excusa en lui disant : « *Je viens de voir mes nombreux amis.*—Vous êtes heureux, mon fils, d'en avoir autant, lui répondit le père; car, pour moi, dans le cours de ma vie, à peine ai-je pu en trouver un seul.

Un véritable ami est un présent du
ciel.

LE RENARD

ET LE FERMIER.

FABLE XLVII.

Certain Renard, la terreur
des poulaillers, comme le sont
tous les fins matois de son es-

17

pèce, s'introduisait nuitam-
ment dans une basse-cour.
Poules, Coqs, Dindes et Fai-
sans, il croquait tout sans pitié; tout passait sous sa dent
meurtrière. Un jour le Fermier
s'aperçut, mais trop tard, du
ravage exercé sur la gent volatile. « Ho! ho! je ne retrouve
plus ici mon compte. Morbleu!
il faut que je découvre l'audacieux coquin : tendons un piége

à notre subtil maraudeur.» Dès
la nuit même, celui-ci est pris
en flagrant délit. Alors, mon
drôle de prendre un ton sup-
pliant; mais ce fut en vain : le
Fermier reste inexorable. Le
rusé matois, voyant arriver sa
fin prochaine, fait alors l'aveu
de ses nombreux méfaits, dans
l'espoir d'obtenir son pardon.
A toutes ses vaines doléances,
que répond le Fermier? « Ap-

prends, maraud, lui dit-il, qu'un fripon tel que toi ne se corrige jamais ; la mort seule peut mettre fin à ses rapines. Aussitôt, d'un coup de bêche il étend mort le voleur de son poulailler.

Tôt ou tard le coupable est découvert et subit la peine due à son crime.

FLORE

ET LE PAPILLON.

FABLE XLVIII.

Un jour, Flore, jeune et
belle, comme elle l'est toujours, folâtrait au milieu d'un

parterre. Dans sa course lé-
gère, elle saisit un Papillon qui
voltigeait de fleur en fleur.
« Ah! dit-elle, je possède une
des merveilles de la nature ;
mais il est fâcheux qu'il soit
doué d'un naturel aussi volage. » Elle l'emporte, et le
place sous un léger réseau.
Notre pauvre prisonnier, tout
mystifié, supplie Flore de lui
accorder sa liberté, si essen-

tielle, disait-il, à son existence.
Mais la déesse est inexorable :
la cruelle se rit de ses pleurs,
et court vers une nouvelle con-
quête. Après mille efforts, le
Papillon parvient à s'échapper ;
il prend son essor et voltige dans
les airs. Flore, à son retour, ne
le retrouvant plus, le cherche,
court de droite et de gauche.
Qu'aperçoit-elle ? son Papillon
sur un arbre isolé. Alors, ce-

lui-ci, hors de danger, lui dit :
« Je suis volage, dites-vous :
j'en conviens ; mais ne l'êtes-
vous pas autant que moi, vous
qui courez toute l'année de
climats en climats pour y captiver l'hommage des mortels.

Avant de blâmer les défauts des autres,
commençons par corriger les nôtres.

FIN.

TABLE.

18

FIN DE LA TABLE.

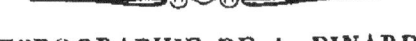

TYPOGRAPHIE DE A. PINARD,
Quai Voltaire, n. 15.

EXTRAIT

DU CATALOGUE

DE LA

LIBRAIRIE D'IGONETTE,

Rue de Savoie, n. 12.

Livres d'Église.

NET.

Paroissien complet, in-18, Paris,
Rome, 800 pages, caractères
Didot, 4 jolies figures :

Marroquin.	9 fr.	8
Veau fer à fr. gauf.	9 fr.	8

— Le même, vélin, 2 fr. 5o c. de plus que les prix ci-dessus.

Paroissien des Dames, complet, 8oo pages, Paris, Rome : mêmes prix que dessus.

Eucologe des Dames, complet, 8oo pages : mêmes prix.

Petit Paroissien, vélin, 1 volume in-18, Paris, Rome, de 5oo pag., figures :

Marroquin.	6 fr. 75 c.	5 75
Veau uni.	6 fr. 5o c.	5 5o
Veau gauf. nerf.	7 fr.	5 75

Paroissien des Demoiselles : mêmes prix.

Paroissien des Dames : mêmes prix.

Petit Paroissien complet, grand in-32 de 600 pages, 4 figures sur raisin :

    Marroquin.   6 fr.   5 5o

    Veau gauf.   6 fr.   5

Journée du Chrétien, latin-français, grand in-32, jésus vélin, très jolies gravures :

    Marroquin.   6 fr. 5o c.   5 25

    Veau gauf.   6 fr. 5o c.   5 25

Joli Paroissien, grand in-32, figures :

    Marroquin.   6 fr. 5o c.   5 5o

    Veau gauffré.   6 fr.   5

Paroissien des Dames, grand in-32 :

    Marroquin.   6 fr. 5o c.   5 5o

    Veau gauf.   6 fr.   5

Imitation de la Sainte-Vierge, 1 vol.
grand in-32 sur jésus vélin, jolies figures, Paris, caractères
Didot :

Veau gauf.	7 fr.	5 5o
Veau gauf. nerfs.	7 fr. 5o c.	5 75
Marroquin.	7 fr.	5 5o
En feuilles.	4 fr. 5o c.	2 5o

Livres d'Éducation.

Robinson de J.-J. Rousseau. Paris,
1834, jolie édition, fig. broch.   3 5o

Fables à mon Fils, Paris, 1834,
in-12, vélin, belles gravures.   4

Fables à mes Enfans (en prose), sur
beau vol. in-18, 8 fig.   2

NET.

Abrégé de l'Ami des Enfans, 4 vol.
in-18, 16 fig.   6

Cabinet du jeune Naturaliste, 6 vol.
in-12, beaucoup de fig.   24

Le Prêtre, par M. Loyau d'Am-
boise, 1 vol. grand in-18 sur très
beau pap. vél.   4

Théâtre des Pensions de Demoi-
selles, 1 vol. in-18.   3

Odes de Pindare, traduites en prose
par M. Mazac, officier de l'Uni-
versité, 1 vol. in-12.   3 5o

Les Jeunes Personnes, par M. de
Renneville, 2 vol. in-12.   8

Flambeau des Participes, ou les
Difficultés des Participes réso-
lues avec des phrases vicieuses,
pour être orthographiées , moti-
vées et analysées par les élèves ;
suivies du corrigé de ces phrases;
par J.-N. Blondin, secrétaire-in-
terprète de la Bibliothèque du
roi ; deuxième édition, in-12.   I

Chefs-d'OEuvre poétiques des Au-
teurs vivans, ou morceaux choisis de MM. Aimé Marfin, Ance-
lot, Andrieux, Delavigne, Des-
bordes, Etienne, Jouy, Lamar-
tine, etc., etc.; 1 vol. in-18.   1 50

Diccionario de la Academia espa-
ñola, par D. Vicente Gonzalez
Anao. 2 gros vol. in-8.   15 fr.   8

Élémens de littérature, par Mar-
montel, nouvelle édition, aug-
mentée des essais sur le goût.
8 gros vol. in-18.   20 fr.   10

OEuvres complètes de La Fontaine,
1 vol. in-8, très belle édition sur
grand raisin vélin, ornée de 13
gravures exécutées par les premiers artistes, d'après les des-
sins de Dévéria.   24 fr.   10

   Les gravures sont du premier tirage.

— Le même ouvrage, avec figures
avant la lettre.   •   48 fr.   18

Traité analytique de la subrogée
Tutelle, ou Guide des tuteurs et

8

subrogés-tuteurs, par M. Arnoul, avocat, deuxième édition, in-8.   1

Traité sur les propriétés médicales et les effets salutaires de l'Eau de Goudron, recommandée surtout aux personnes affectées de ca-thares, du poumon et des voies urinaires, traduit de l'anglais du docteur Berkeley, par M. Barny, médecin, in-8.   1

OEuvres complètes de J.-J. Rous-seau. Paris, Emler, 1826, 22 vol. in-8. Jolie édition ornée de gra-vures.   30

IMPRIMERIE DE A. PINARD, QUAI VOLTAIRE, 15.

IMPRIMERIE ET FONDERIE DE A. PINARD,
Quai Voltaire, n° 15, à Paris.